U0023945

荷必多情

林秀蓉——著

何妨多情

蕭蕭

林秀蓉要出版她的第一本詩集《荷必多情》，先拿給我欣賞，一看集名，我就好奇她定名的用意，2015年讀過她在《中華日報・副刊》上那一首〈荷必多情〉，饒有興味，是以此作為集子的主題詩嗎？

荷，必多情

現代人（不只是詩人）都喜歡玩同音字的遊戲，賣螃蟹的要用「無蟹可及」，不僅消極地說你找不到我家螃蟹的缺憾（無懈可擊），還豪氣地自誇誰能比得上我家的螯、我家的蟹黃。賣水的，強調「補水又提神」，所以「一罐就go」，這句混搭著華語和英語，「go」的音既諧和「夠」字，卻也保留「go」的英語原意。詩人吳晟近年來努力推廣「溪州尚水米」，不但是取其「媠」、「水」音近，還國臺語混搭，「最美」的臺語書寫一般寫成「上婧」，但吳晟選用「尚水」，期望保留米中充滿水分之潤的感覺，拋除礁、硬、澀、扁，含水量不足的不良印象，所以，眼睛看著「尚水米」，嘴裡唸出臺語的「上婧」，心中想著國語的「尚水」，一兼二顧，文創、歧義、廣告的效果都在這種地方發揮得淋漓盡致。這樣諧音、混搭的造詞、造句法，已經成為多元文化的臺灣社會裡極為普遍的現象。

顯然，〈荷必多情〉也有著「荷，必多情」與「何必—— 多情」的雙重可能。原詩發表於2015年9月的《中華日報》，林秀蓉的原始構想到底偏向何方？值得從詩創作的角度來推敲，原詩如次：

盛夏最美的避暑角落
紅與白微啟情緒的線條
動人之色不必崢嶸招展

裙角輕扯旅人的鏡頭
荷葉早已綠透
豎立起的溫潤在風中款擺

飽滿的雨露彈出一顆塵
卻陷進
無法動彈的默

只有大蛙噗通水底的呼聲
響了，一圈漣漪

林秀蓉寫詩的詩齡不長，2015年開始，也不過是一年的歲月，這首詩已掌握住寫詩的訣竅。以鏡頭運用而言，四段分別是遠景、中景、近景、跳開，秩序分明，首段寫荷之所在可以避暑，荷之動人恬靜沁涼；第二段寫荷葉隨風款擺，充滿綠色的溫潤；第三段聚焦於荷葉上的晨露，晶瑩而靜默，彷彿將整座荷花池的靜涼濃縮在這飽滿的雨露上，所謂以小喻大，正是如此；末段，鏡頭跳離荷，寫青蛙跳水，泛起漣漪，以一個小小的微動對比一大片荷園的靜謐，讓前三段的情緒悠悠盪開。荷必多情，從首段的「紅與白微啟情緒的線條」開始，二段的溫潤，三段的出塵，到最後的餘韻如漣漪，一個初寫詩的人如實的情意展現著。

這首詩寫荷的遠觀、近景，好像也透露了詩人內在的詩思之路。不過，如果詩人的原意只止於此，這首詩的題目可以單純為〈荷〉、〈荷情〉，但詩人所用的詩題是〈荷必多情〉，因此，諧音的詞彙「何必多情」在欣賞者的心中必然要掀起一波小小的漣漪。

何必——多情

林秀蓉在〈荷必多情〉這首詩中，其實是以客觀的角度賞荷，寫荷葉綠意飽滿，所以成為避暑角落，引來旅人鏡頭，寫荷葉上的雨露靜靜翻滾入池，對比著大蛙的噗通泛起漣漪。全詩主觀的情緒微微透露，只在初見荷花那一剎那：「紅與白微啟情緒的線條／動人之色不必崢嶸招展」，而且這一主觀的「動人之色不必崢嶸招展」，隱然呼應著全詩所呈現的綠與靜，那是不崢嶸的自在招展。

主觀的情緒不張揚，客觀的書寫內斂而冷靜，林秀蓉以詩暗示著萬物自有情，人只要靜觀就好，「何必多情」！《莊子・知北游》說：「天地有大美而不言，四時有明法而不議，萬物有成理而不說。聖人者，原天地之美而達萬物之理。」詩人的工作，或許也一樣只在於「原天地之美」就好，如何「達萬物之理」則讓讀者自行揣摩，「何必多情」？

以〈荷必多情〉這首詩，看《荷必多情》這本詩集，顯然林秀蓉只是在「原天地之美」而已，她不急於站出來說自己如何「達萬物之理」。

檢閱整本詩集，輯一是〔萬水千山路〕，輯二〔是山皆可隱〕，輯三〔露荷香自在〕，從大範疇的萬水千山、迴天還地間，開始思考，而後逐漸單純視野，親近山，肯認山是心中永遠的王者，最後縮小範圍，凝視著荷、雨、苦楝、葡萄、山茶，點的觀察。其實後二輯可以納入〔萬水千山路〕，萬水千山路中涵括了〔是山皆可隱〕、〔露荷香自在〕，這就是《荷必多情》前三輯的「原天地之美」。

大地有大美而不言，詩人「原天地之美」，為天地之美而言，所以有「詩」。

林秀蓉是相信這個道理的，《荷必多情》以四分之三的篇幅在見證這個道理。

何妨——多情

《荷必多情》卻以四分之一的篇幅在見證「心」的作用。

《荷必多情》輯四是〔微吟夜未央〕，那「微吟」的云為就是以「心」去感應萬物，以「心」去感應草木蟲魚鳥獸、天地間的億萬生靈。那「夜未央」的說辭，不就是夜以繼日、不眠不休的尋索意志？

讀《文心雕龍》，我最喜歡〈神思篇〉，他對神思的說辭是「形在江海之上，心存魏闕之下。」這種思索真的很神，其實又很實。胡適（1891-1962）的〈一念〉：

「我笑你繞太陽的地球，一日夜只打得一個迴旋；／我笑你繞地球的月亮，總不會永遠團團；／我笑你千千萬萬大大小小的星球，總跳不出自己的軌道線；／我笑你一秒鐘行五十萬里的無線電，總比不上我區區的心頭一念！／我這心頭一念，／才從竹竿巷，忽到竹竿尖；／忽在赫貞江上，忽在凱約湖邊；／我若真個害刻骨的相思，便一分鐘繞地球三千萬轉！」是一首精彩的情詩，卻無意間為「神思」的定義做了很好的延伸解說。〈神思篇〉有些文句，令人心服，例如「寂然凝慮，思接千載；悄焉動容，視通萬里。」「神居胸臆，而志氣統其關鍵；物沿耳目，而辭令管其樞機。」「登山則情滿于山，觀海則意溢于海。」「或理在方寸，而求之域表：或義在咫尺，而思隔山河。」這些文句所導引出來的意旨，其實就是心與萬物的相互感應成就了文學。因此，所謂「詩」，不就是「心」與「物」的交感互動，往復牽繫！

《荷必多情》的四輯作品，以〔微吟夜未央〕最為成熟，引生肖俳句的〈蛇〉來看：

蜿蜒的人生路，滿腔愁緒
以冰涼擁抱疲憊的大地
吐露夢想的蛇信，比龍還真

這是以林秀蓉的心，去對應萬物之一的蛇。冰涼、擁抱大地，是蛇的本質，愁緒、疲憊、夢想云云，則是屬於林秀蓉的情牽，二者交互感應，以成此詩。

寫詩所要培植的就是這種心與物的交流互動。面對無情物，何妨多情！《荷必多情》以輯四的〔微吟夜未央〕見證這種多情，似乎也慢慢為讀者理出「達萬物之理」的一條幽徑。

2016年春分　寫於蠡澤湖畔

多情，何必問荷

林明進

林秀蓉，來自宜蘭，是我的同鄉。幾年前，台中一場演講，中場休息聊起來，才知道都是蘭陽子弟。他鄉遇故知，這種偶然的因緣，是十分愉悅的經驗。半年以後，在一次金鐘獎頒獎典禮的場合，宜蘭同鄉為入選金鐘獎好友而組織的加油團，聚集台北，又看到她赫然在列。於是彼此就漸漸熟稔了。

後來就經常看到她不斷在FB貼文，分別發表在中華日報副刊、台灣時報副刊、華文現代詩詩刊、乾坤詩刊、創世紀詩刊、笠詩刊、秋水詩刊、台客詩社、葡萄園詩刊、吹鼓吹詩論壇等等。從2015年〈那羅櫻花與烏鶖〉起，很快就創作滿六十多篇，詩量之大，令人咋舌。做為老同鄉的身分，最高興也是唯一能做的，就是在雲端負責按讚！

飯可以多吃，讚不可多按，代誌來了。去年年底，她邀我為她的第一本詩集寫序，可把我嚇壞了，我不是詩人，只是個老教書匠，說什麼我也不肯答應。她怎麼委婉邀我入甕，我就怎麼嚴峻謝絕。最後一次，她幾句話打動了我：「宜蘭人最惜情，幫我寫幾個字，壯大聲勢，我只是希望我的集子裡有宜蘭味。」有情有義是後山人的遺傳，這一句話擋不住，領了這一份差事，天天憂心忡忡。

她輯一【萬水千山路】的第一篇〈夢蝶〉，這算是她詩道上的點題之作。有一次聽秀蓉說，她提筆寫詩是她大膽的「夢想」，在她的後記中也特別提到：「不識春秋，只是圓夢。」她是個做事細緻、心思縝密的女人，張潮說：「莊周夢蝴蝶是一種幸運。」她的夢蝶是怎麼著？不曉得詩的末了：「當學會了偷閒／眼角曾有過憂傷的日子／也就，美了起來」，這是她詩情世界的通關密語嗎？

宜蘭人最惜情，對情愫的感知，我們是敏銳的，甚至有一點敏感。不管是拿鋤頭的、還是種菜的，無論是擔肥的、還是刈稻的，情的直覺好比我們蘭陽平原的毛毛雨，當葛瑪蘭客運駛出雪隧，雨絲就黏住你的心。林秀蓉的情可以從詩集《荷必多情》嗅得出來，四輯的六十首詩作中，雖然詩調雜揉著知性與感性的詩味，婉約含蓄的筆心仍是骨子裡深藏的情思，她的夢離不開她的情。台中的陽光再溫暖，只要想到宜蘭，只要重逢那種可以撐傘也可以不撐傘的毛毛雨，她多情的心就油然而興，多情，何必問荷！

詩集的命名——《荷必多情》，作者顯然是有強大企圖的，表面上解讀，「荷」必多情，看起來是詠物，這樣說是很表面的；諧音雙關，很容易就會聯想到

「何必多情」，這樣就是作者內在的嬌嗔。林秀蓉的「蓉」，不就是芙蓉嗎？芙蓉是已經開放的荷花。黃永武說將要「最美」，人生如果是一場花季，蓓蕾初成，人心最樂，一旦濃春爛漫，反而有了末路易衰、好景不長的感喟。……因此人生的滋味，總是逃走的鰻魚最粗，拋棄你的情人最被掛記，初長的一口最美，半開的花最有味。

已經盛開的芙蓉，是怎麼看待自己的荷心呢？這是後山的老同鄉很想問的。那麼《荷必多情》如果是「何必多情」，除了嬌嗔以外，會不會內蘊強大的幽怨呢？孔老先生說：「詩，可以興，可以觀，可以群，可以怨」《論語陽貨篇》，這位後出而轉精、能量十足的新詩人，詩中有怨嗎？當然有，但是，「為怨而怨」恐怕寫不出這麼驚人的詩氣，為賦「新詩」強說愁，是不會深入讀者的心的。秀蓉這一篇篇如珠如璣的詩境，源於晚發的才情，所以特別澎湃，浪打得特別高，「因情而怨」真能地地道道釋放苦悶的情愫。這麼想《荷必多情》到「何必多情」，

淡淡的幽怨，這情感的礦物質就十分豐富多樣了。

我們來讀一讀她的輯三【露荷香白在】——〈荷必多情〉（專業的部分請閱讀蕭蕭詩人和劉正偉詩人的賞析。）

盛夏最美的避暑角落
紅與白微啟情緒的線條
動人之色不必崢嶸招展

裙角輕扯旅人的鏡頭
荷葉早已綠透
豎立起的溫潤在風中款擺

飽滿的雨露彈出一顆塵
卻陷進
無法動彈的默

只有大蛙噗通水底的呼聲
響了，一圈漣漪

正常的解讀，【荷必多情】雙關【何必多情】，一方荷塘的景致，全在烘托「動人之色不必崢嶸招展」。

從輯三【露荷香自在】可以找到呼應，「荷色不必崢嶸招展」的「荷色」和「露荷香自在」的「荷香」，不都是在吟詠「自在」二字嗎？那「荷色不必崢嶸招展」不也是自得之情。擴而大之去看，詩人也許想放到更大的大千世界為襯，自斂其心，自隱其情。世俗的一切塵囂，都不在我的心上，這樣的氣象就更瀟灑也更逍遙了。

我想進一步從「多情」看這一首詩，雖然詩人以內斂平靜的筆調，來寫客觀的景境，「何必多情」帶有幾分的隨性和任真。荷不露池，香何自來？荷香必得露一手，既然如此，出水芙蓉「自在」之外，恐怕不免「多情」吧！那「剩下最美的避暑角落」會有多少焦急呢？「紅與白微啟情緒的線條」真的就只是「動人之色不必崢嶸招展」，一逕兒自在自得嗎？「裙角」的渴求，只為了「輕扯旅人的鏡頭」，不想要它攝入荷境最美的情色？「飽滿的雨露彈出一顆塵」，這「一顆塵」若不是多情無著，又怎麼會「卻陷進／無法動彈的默」。因著大蛙的噗通一聲，一圈一圈的漣漪，往外往外再往外。那陷進而無法動彈的默，隱忍著多深又多無奈的情啊！荷怨深深豈止深幾許呢！

我們去詩經踏踏青，問候那首「摽有梅」的主人翁，她望見梅落而生青春遲暮之感，樹上的梅子一顆一顆落了，自也是那個女人心頭一粒一粒的凋零。從梅實墜落三成，漸漸如雨下到七成，那個女子雖然落寞，倒還能從容地放放風聲，要那些打光棍的紳士們，卜吉求之，誰都別騙誰！青春和情感這回事，是鎮定不了的。等到梅實摽盡，她著實慌了。先機無著，就不是後悔可以說得完。一句「頃筐塈之」，狠狠道盡內心的寂寥，恐怕連最深處的渴望，都掉了一地。孟夏情濃，「多情，何必問荷」！我不是在說詩境，我是在問詩人。荷是一定多情呢，還是自在就好？

這本令人驚豔的詩集——《荷必多情》，以物入題，由景生情的取材很多。可能我是鄉下野孩子出身，〈蛇〉和〈醉〉這兩首生肖俳句，我很有感覺。意象的經營和象徵的效果，都很扣人心扉。

〈蛇〉生肖俳句

蜿蜒的人生路，滿腔愁緒
以冰涼擁抱疲憊的大地
吐露夢想的蛇信，比龍還真

〈醉〉生肖俳句

萬不該醉在那杯雄黃
白娘子蛇行滑出空盞外
酒駕，誤的是千年道行

從新竹縣尖石鄉那羅所拍下的那一張照片，成就了詩人生平的第一首詩，〈那羅櫻花與烏鶖〉應該有詩人特別的心情，希望有機會聽她說說。

《荷必多情》序

劉正偉

詩人林秀蓉，出生宜蘭，後嫁為台中媳婦，現為國立彰化師範大學教育研究所碩士在職專班研究生。初識秀蓉詩人是在去年一月底，陳銘磻老師在新竹縣尖石鄉那羅部落舉辦的「把文學種在土地上」的文學活動上，當時她與妹妹和兩位公子風塵僕僕的由台中趕來。與會的詩人、作家則有陳銘磻、白靈、李勤岸、林文義、李進文、張耀仁、莊華堂、張捷明、劉正偉、思方、吳錡亮等近兩百人，熱鬧非凡。

據說，詩人回到台中後彷彿受到天啟，或許是當地地靈人傑，或是觸動天生隱藏的詩火山，即刻詩興大爆發，一發不可收拾。她即以〈那羅櫻花與烏鶖〉首發於文史哲出版社彭正雄創辦的《華文現代詩》詩刊，接著即大量發表詩作於《創世紀》、《乾坤》等詩刊，以及《中華日報》、《台灣時報》副刊等。到十月就將幾乎全部發表過的60多首詩作集結，送秀威出版社審稿出版，效率與創作量，著實驚人。

詩人於出版後記說：「人生色彩由自己繪上的，不識春秋，只是圓夢。」傳統的女性幾乎都投身家庭或事業，犧牲自己的夢想或青春歲月，等到空巢期時，才驀然回首，驚覺人生的短暫。幸好，秀蓉詩人及時開發了潛藏的詩思，且如燎原之火，一發不可收拾。

《荷必多情》詩集，共分輯一：萬水千山路、輯二：是山皆可隱、輯三：露荷香自在、輯四：微吟夜未央。秀蓉的詩，是浪漫感性的。如〈日月潭〉：

雲，是自在飛行的鳥
鳥兒是天空一朵雲
在日月藍靛的天穹翱翔

鳥，是樹梢歇腳的雲白
與我同在日月潭畔徜徉
靜觀，微風飛漾了水沙連

如果心擱淺在一個小小的碼頭
那渡船的這一身橋，將
如何遠洋，如何翻山越嶺
如何，紅了天邊的彩霞

雖然寫詩不久，但是她的詩善用比喻、想像力豐富。如〈日月潭〉一詩，「雲，是自在飛行的鳥／鳥兒是天空一朵雲」，以雲喻鳥復以鳥喻雲。末段又以排比修辭法，一連用了三個「如何」，來設想一己之心如果擱淺在這個小小的碼頭，那該如何能翻山越嶺、遠渡重洋，如何能紅了天邊的彩霞？想像力著實浪漫而驚人。

秀蓉的詩，是浪漫感性且凝鍊知性兼具的。如〈醇醪〉：

在百花春草間，初嚐一勺醇醪
從渾沌中取得的，心上萌了芽
瞬間虯結的思緒，爬滿心田
煎熬的軌跡，隱藏著古海荒漠

轉筆吧！只為你此時
想見，我微笑時的心意
一行一行怦然的草書
動容，在形影的筆墨真情裡

或憶或忘、如見非見
何妨從一條河、一座山
十方天地中來，釀你

醇醪原是醇厚的美酒之意，詩人在此轉品為百花春草間，心上萌芽的一番心意初嚐，那情意如此醇厚，如精純的美酒。亦轉筆為一行一行怦然的草書，在形影翩然的筆墨真情裡，為之動容。最後終想「或憶或忘、如見非見／何妨從一條河、一座山／十方天地中來，釀你」，在精純的想像中釀你，釀你的形影。詩人以醇醪喻此種種，詩可見其不凡功力。如〈荷必多情〉：

盛夏最美的避暑角落
紅與白微啟情緒的線條
動人之色不必崢嶸招展

裙角輕扯旅人的鏡頭
荷葉早已綠透
豎立起的溫潤在風中款擺

飽滿的雨露彈出一顆塵
卻陷進
無法動彈的默

只有大蛙噗通水底的呼聲
響了，一圈漣漪

〈荷必多情〉詩題巧妙、一語雙關，「荷必多情」亦言「何必多情」。詩人以盛夏最美的紅與白的荷花，言喻擁有著動人之色卻不需崢嶸招展，「在風中款擺」的默，含蓄之美意在言外，有自況詩的義涵，亦有自足宇宙的美感。末段以「只有大蛙噗通水底的呼聲／響了，一圈漣漪」，引喻本體我心之外，世俗的紛紛擾擾，又與我何關？頗有一己之定見。

秀蓉詩人此集中其它的詩作首首精彩、篇篇可觀，限於篇幅僅能略舉片段如次，以饗讀者：

花花葉葉根根塵塵，若然
溪聲也可儘是廣長舌
浮浮沉沉，萬機不擾

——〈夢蝶〉

所有的故事一旦穿越時空
無論曾有過如何推不開的幽微
遺憾，也只能從眼角游出
一尾，魚紋的思念

——〈植物園記遊〉

風是即興的蝶
想送給深秋最斑斕的虹
花金龜情不自禁舔食樹液
欒樹上，空氣如此甜蜜

——〈草悟道〉

傳說，神將地立於根基之上
山稜為之標記，樹為皮毛
讓群山峻嶺永不動搖
讓雲彩與冥想，空中合歡

——〈登合歡山〉

藍天與白雲，趺坐
流連窗上交換韻腳平仄
捕捉彼此秋天的心情

——〈翡冷翠〉

是否？來年花紅勝今朝
靈感與詩句，如山櫻般
絢爛開綻，落下一地思念

——〈那羅櫻花與烏鶖〉

一般的女詩人多由情詩出發，浪漫有餘、知性不足。但是秀蓉的詩，卻充滿浪漫與想像，感性和知性兼具，實難能可貴。詩創作之路是孤寂的，結果卻是甜美的。很高興，詩人短時間即有如此可觀的成果，可喜可賀。

用什麼記錄人生呢？《尚書・堯典》云：「詩言志，歌詠言。」詩，無疑是最好的載體，秀蓉是詩壇的新兵，卻做了最好的嘗試與示範。僅以此小序，祝賀她《荷必多情》詩集的順利出版，並期望她繼續努力，寫出更多美好的詩篇。

2016/03/16

目　次

輯二：是山皆可隱

輯三：露荷香自在

輯四：微吟夜未央

輯一：

萬水千山路

夢蝶

花花葉葉根根塵塵，若然
溪聲也可儘是廣長舌
浮浮沉沉，萬機不擾

風本質不定，何須依止
獨立美，具足亦美
直想，請問周公夢蝶
風依無所依
無所依依無無所依
無無所依依無無無所依⋯⋯

人生反復地增迴辯證
或許，當學會了偷閒
眼角曾有過憂傷的日子
也就，美了起來

・第7～9行引周夢蝶詩句
・登《創世紀詩刊》184期，2015/09。

植物園記遊

四月的湖面坐擁陽光
菡萏半池悄悄輪迴著生機
只有那白裡透紅的月桃花
不怕即將垂垂老去，爭先綻放

五色鳥在優曇華枝椏上啁啾
是等待二千年僅一現的花開
還是擔心，賞花的日子不再有夢

詩意一紙，星句羅列蒼白
能否？以一縷汩汩脈息
流瀉一頁濤濤萬千的風華

所有的故事一旦穿越時空
無論曾有過如何推不開的幽微
遺憾，也只能從眼角游出
一尾，魚紋的思念

・登《台灣時報・文學副刊》，2015/05/14。

草悟道

足履為鋒毫，穿越大街小巷
道，悟或不悟都有綠光
想必走進森林了，行草
見一隻鹿追逐著風

風是即興的蝶
想送給深秋最斑斕的虹
花金龜情不自禁舔食樹液
欒樹上，空氣如此甜蜜

爵士樂慵懶搖滾著
大樓不作聲的疲憊
路過的白雲索性滑進池裡
跟著魚兒婆娑起舞

・草悟道為台中著名綠園道
・登《台灣時報・文學副刊》，2015/12/30。

日月潭

雲，是自在飛行的鳥
鳥兒是天空一朵雲
在日月藍靛的天穹翱翔

鳥，是樹梢歇腳的雲白
與我同在日月潭畔徜徉
靜觀，微風飛漾了水沙連

如果心擱淺在一個小小的碼頭
那渡船的這一身橘，將
如何遠洋，如何翻山越嶺
如何，紅了天邊的彩霞

・登《笠詩刊》310期，2015/12。

日月潭之約

一天的雲錦高速南下
水湄鑲著梅光，朵朵吹雪
美從來不假證明，思念
無法細數都得重來

一道月光，十里銀波
織成，懵懂的捕夢網
清明顧盼記憶影子
日與月終能比肩而行
潭上殘留暗香淡淡

一竿風月總渴望春臨
自然，不再遙遠
霧來最美，船影氤氳間
繚繞本來面目的你
微風飛漾彼此魂魄的震顫

・登《創世紀詩刊》186期，2016/01。

登合歡山

素履之往，俗事往山下拋
說隱，世間顢頇如故
合歡山高處靈明，萬壑疏風
清心飛翔，方寸之間

尋幽，在遊走的青蔥山徑
覓風林間的平仄句律
訪勝，淙淙山泉清溪間
靈感逐字覓句，駕海浮雲

夢裡的森林，曾幾何時
把蝴蝶凍成標本
把文字堆垛成塚
遠眺，關照，撿擇
喃喃喁喁，詞曲難綴

傳說，神將地立於根基之上
山稜為之標記，樹為皮毛

讓群山峻嶺永不動搖
讓雲彩與冥想，空中合歡

．登《創世紀詩刊》184期，2015/09。

竹山天梯行

古道在孟宗竹林的枕木階梯轉折
長了韻腳的雙足沉潛山徑尋詩
如離弦的弓箭勇敢向前
峽谷太極，肚臍到目眉崁崁陡峭
梯高如天，208階跨越隱隱乾坤

嘩啦！三道青龍水簾從天碧落
青苔出神，水花亮麗如彩蝶銀鱗
震耳欲聾的聲籟飛響山壑之間
天空不打烊，大冠鷲盤旋守護著

足履卸去一地蹣跚，浸透清涼
漫游過酣熱腳心，澆息夏日的焰氣
一顆純潔的心在天地間徜徉
蟬聲與漣漪，山風與雲朵
愛無界限，向山總能遇見

・登《台灣時報・文學副刊》，2015/08/21。

春遊
——水晶教堂記遊

我的視界向無垠邊境
南方，湛藍的天空遨遊
四月天，瓦盤鹽田上的陽光
熱情烘焙一畦一畦海味的香甜

溫暖的南風是候鳥們依戀的家
濱鷸才剛啟程北返西伯利亞
逆風飛來的小燕鷗，迫不及待
越過一座白色水晶教堂
追逐夢幻島嶼，繁衍愛情

夏戀嘉年華，水晶般傾城的透明
跌宕熱情如火的主旋律
誰來敲響鐘聲？吹鳴海螺
在透明小屋裡共譜浪漫
引領眾神的靈魂跟上腳步
在詩之彼端，等待日出印象

・登《秋水詩刊》164期，2015/08。

翡冷翠

清晨，我在栗子樹下徘徊
朔果，輕輕的墜落凡間
蹦開的聲音，如鈴清脆

藍天與白雲，趺坐
流連窗上交換韻腳平仄
捕捉彼此秋天的心情

與剛落下的栗子打招呼
好讓風，也聽見
我的歡愉

· 2015/10月義大利佛羅倫斯記遊
· 登《台灣時報‧文學副刊》，2015/10/28。

台伯河畔

雲喜歡河水裡的天空
漫上水涯的藍與白
讓夢很輕，思念漂浮
輕輕，漫向邊陲

梧桐葉，騷動風來
垂釣一縷縷陽光
等待靜下來的一尾魚

台伯河上顧盼的鷹
在雲的彼端，俯視
遊人如我，望著你翱翔
曾有的榮耀，空寂的老城
故事與倒影，音符都沾了白光

・登《台灣時報・文學副刊》，2015/11/18。

新天鵝堡記遊

我來，中世紀的夢微笑打招呼
浪漫的城牆，流過抽象的浮雲
湛藍天空採收葡萄園的青澀
楓紅，微涼的初秋
悄悄發酵幾行偏短的詩

思念的藤蔓，繞過尖塔
屋頂木格窗，加演一場睡美人
青春不必快轉
依然觸碰得到勃勃心跳
雪白的吻如雲，永遠的進行式
我試著垂釣幸福的童話

．登《台灣時報．文學副刊》，2015/09/11。

午後

午後，挽袖清洗年前的窗塵
傾注一江澎湃的萬點波濤
窗上一層厚灰的妝容，霎時
千頃黑潮洶湧如流
透明天光也就亮了進來

你說，我摘幾片雲
寄給妳，點綴紗窗吧
我說，一壺新茗，水已沸沸
只待捎來幾朵雲彩
入茶湯，一展舒眉

・登《乾坤詩刊》74期，2015/04。

無明

這嗶嗶啵啵的紅光
燒在爐上，焚在心內
炸開最後一枚失眠的煙花
火，燃亮一偈

．登《華文現代詩刊》第八期，2016/02。

林彧攝影

情人節

愛字，總在橫豎撇捺間飛翔
帶著一種追尋冒險的感覺
牽緊手步履入林，輕歌漫舞

黑白也好，彩色也好
我們共享了蔓越莓的酸、香橙的甜
在果色與果香間沾艷了唇角

在小約翰史特勞斯的春之聲中
旋轉三拍，多惱河的藍
在字詞等量處，幸福
就任由溫暖的陽光去兌換

・登《台客詩社》創刊號，2015/08。

如果

如果，能為一個人寫詩
雪的白將不是唯一的顏色
槲寄生親吻的傳說
飄然而至，從遠方

你喜歡，義無反顧
投身熱焰之中
讓冬青葉手足無措的模樣
更翠綠，讓漿果更鮮紅

心底透進或透不進
一絲絲騷動訊息
都有你陪伴聖潔的光
愛，是生命中的金枝

・登《葡萄園詩刊》209期，2016/02。

飛躍

——觀兩岸青年足球友誼賽

東海閃爍，休漁期的東門港
搖曳著六十畝博澳足球場
世界方寸滾動，天涯也可咫尺
十一人打場沒有硝煙的戰爭

南腔北調急於踩踏著土地的躁動
雙足駕馭一條瞬息萬變乾坤路
新視野足可辨識虛實，黑白分明

射門飆速超越猶豫，星球早已飛越
如崖上浪花瞬間蝶影，擊岸飛舞
頃刻之間姿勢再三展軸純粹的距離

進球不是悄悄掠過的光影
迷路的詩寫在風中，撲救眉睫之前
守護如磐石，理想便有所投遞
激情四射攻其不備，彼此呼應

6：2踢爆井然，達陣
一顆足球般的太陽已緩緩下山

註：最終台中一中6比2贏球！

・登《葡萄園詩刊》208期冬季號，2015/11。

輯二：
是山皆可隱

山

永遠是我心中的王
任一葉葉澹泊
一朵朵生滅
愛怨都令人沉醉

無需芒鞋能渡水行雲
步步走近你，癲狂的你
青苔早已鋪陳無憎無嗔
在溪澗扎穩了根，清而不冷

你暖暖一握替代了冰冷的杖藜
扶我逡巡百年水圳步道盪越竹橋
再飛入一片蔥籠翠碧的桂竹林
來到水窮處坐望甕碧潭瀑布
我們與大地同時在此掏洗

人本自然，如詩之歸真返璞
真真鏤刻虛實，放下假假微漾
微漾起俱足，溫潤到老

・登《葡萄園詩刊》第207期，2015/08。

問

山是縱的，海是橫的
山與海的交會，平分了天體
切割了方位，無聲
歲月以日影的長短掠過四時

細明體字句連行阡陌
時間在海岸線徘徊，讀詩
你問，越讀越滄桑還是年少？

問問太平洋上的風
問問縱谷上的蝴蝶
問問三仙台上的何仙姑

滄海桑田所留下的足跡
是否？每當風起
就吹我上青天，白雲間

・登《華文現代詩刊》第6期，2015/08。

流星

紫丘上，薰衣草香的黃昏
雨鞋踩響山野的清鳴聲
看到尚未消蝕的足跡

滿天星斗下，潺潺如流的夜
每一顆星，正揮灑一束光
次第倒懸樹與樹疲憊的影子

心早已掛泊在遙遠的海平線
愛也不是，不愛也不是
思念，未完成的詩句
不知該擺那一顆星裡頭

・登《中華日報・副刊》，2015/07/16。

Robert Lee 攝影

那羅櫻花與烏鶖

迎著翦風與緋紅，逆著春光
眼角眉梢中的你，仰望藍天高歌
武士般黑色身影，像枝頭跳響的音符
我們的生命在此刻，邂逅
該是景有交融，情有滋潤

在那羅，看見詩光爍爍枝頭
讓人想和土地深耕未來
和花一起飄香，和風一起飛翔

是否？來年花紅勝今朝
靈感與詩句，如山櫻般
絢爛開綻，落下一地思念

・登《華文現代詩刊》第五期，2015/05。

醇醪

在百花春草間，初嚐一勺醇醪
從渾沌中取得的，心上萌了芽
瞬間虬結的思緒，爬滿心田
煎熬的軌跡，隱藏著古海荒漠

轉筆吧！只為你此時
想見，我微笑時的心意
一行一行怦然的草書
動容，在形影的筆墨真情裡

或憶或忘、如見非見
何妨從一條河、一座山
十方天地中來，釀你

・登《中華日報・副刊》，2015/06/08。

花旗木

微涼的五月天，雨絲紛飛
時而滂沱時而矇矇，嘩啦淅瀝
一滴水珠滌一片葉，溼了春心
暮看桃紅層疊，雨下繽紛
隨南風潛入了夜，花海交織
如一樹紅拂，拭凡間塵埃
出入夢境，道道紅粉癡迷
迎風瀟灑無動不舞，花雅春櫻
延續一脈香火流動天光
努力綻放自己45天的燦爛
梅雨裡，今生得見前世擺渡的舟
橫亙著歲月的河，美得斑斕
風來執舵翕動翅膀，留不住蝶影
只剩高跟鞋喀喀喀喀，飛過

・登《台灣時報・文學副刊》，2015/05/28。

Espresso

人生是一飲而盡的濃縮
有心悸，苦澀又回甘
連靈魂都研磨得成
30 c c 濃烈精煉
味覺交疊跟隨
比酒還醉人
踉蹌過河
水紋裡
漾清
影
漾清
水紋裡
踉蹌過河
比酒還醉人
味覺交疊跟隨
30 c c 濃烈精煉
連靈魂都研磨得成

有心悸，苦澀又回甘
人生是一飲而盡的濃縮

・登《葡萄園詩刊》209期，2016/02。

咖啡

在陸地的盡頭，海洋的開端
山丘上的紅果，征服世界的小種子
曾令羊兒狂歌，牧羊人飛舞
來自有山裂隙的東非縱谷

阿拉比卡咖啡豆，點燃
暗夜的火種，瞌睡蟲的鐵糧
熬出頭的瓊漿玉液
黑過火山熔岩
甜如千年一吻
等待滴漏一字一句的刻度
濃郁的勁道正與靈感冷戰

貓頭鷹還醒著
不過是想啜飲，一杯濃烈
一杯香醇，一杯夜搜枯腸

・登《葡萄園詩刊》206期，2015/05。

張乙朝攝影

螢火流光

當太陽逃離整個大崙山頭
立夏夜，悄悄然不動的聲息
彳亍小半天的雲霧，朦了
黯淡，蔥籠滿山的碧綠竹林

廣袤無垠山坳，羽化精靈萬千
脫出嚴寒，只飲花蜜露水
便行旅生命中的一期一會
瞬間舞動山渠，振翅飛閃

如流星摩娑穹頂，閃閃爍爍
無法座標的星系，圍繞
任憑幾筆油彩的印象，能否
點亮，一座座森林銀杏

一輪明月早已笑坐夜空
山澗流響起百蛙嘓嘓共鳴

從九重天上傾瀉的世紀婚禮
浪漫，銀河星斗歷歷在目

有誰在乎，一切蜿蜒的滄桑
千萬年後還來執小杜羅扇
輕盈，撲捉那飛舞的螢火

・登《華文現代詩刊》第八期，2016/02。

雪舞

朵朵如缽鳴如雪之流光
如飛舞的小詩，風雅了
俄頃而來的絲絲春雨

一切都在朦朧中朦朧
五月的羽白花浪早已澎湃
北得拉曼泰雅族人的四月聖山

尋風的聲音，見證妳華麗的孤單
小隱於林是離枝前告白，盼望
有心人拾綴起這一徑的花繁
而我不忍漫步其中踏雪歸去

或許將妳放在手心婆娑一甕
釀幾斗明媚，掬飲無盡的
唯有流盼，與依依的春光

．登《台灣時報．文學副刊》，2015/05/04。

逝

秋天悄悄將山徑鍍金
山風就不可自拔地
漫卷一地，深秋

思念在枝頭成熟
表情無可捉摸
寂寥高音，低鳴

別這樣沉默
狂放的詩情已慢慢衰朽
紫花隨風低吟搖頭

藿香薊呆望著樹樹秋光
如何把青春染上秋色不褪
柿子紅在枝頭，沉思

．登《乾坤詩刊》77期，2016/01。

訊息

微小得不能再小，自我分裂的一群
變形蟲，繁衍了字與句的形態
三葉蟲如是說，光年遙遠
以第一隻眼誕生微觀

把大王花種子栽種心田，如果無法
寫出，比紅姬緣椿象還濃的氣味
那花心裡，有隨地沃壤滿溢的密碼
組成，不必用字句寫詩的生命

探索生命傾向，來回的辯證
短鏈長鏈環環相叩，就怕散了文
爬出鸚鵡螺線，繞松樹毬果八圈
終於，數出十三行鱗片

不鑽鹿角尖的靈魂，闖進墨魚地盤
墨汁散去，訊息的迴路，竟綴成十四行詩

・登《乾坤詩刊》75期，2015/08。

靜電

金屬鍵敲來的 N
在上 S 在下，兩邊
相吸，直到最近距離
愛情加速，朝不同方向磁浮

虛在左，實在右
不呈加速度運動的孤獨電子
正以有限符號，分芽無窮

輕輕划過沉靜的光流
以千槳，搖醒能量守恆

・登《乾坤詩刊》75期，2015/08。

心

原來，我是這麼地在意你
讓休眠的心房，妥協
被新鮮血液叩叩了二聲，甦醒

秘密是：單向活門
是不是等待了你的等待
默契才會相遇
是不是風景了你的風景
有氧才能復興

心室在收縮與舒張中，減壓
原來在意一個人的思念
不在分秒間
只在有所跳動的，心坎
時間啊時間，你到底去那兒了

・登《葡萄園詩刊》第207期，2015/08。

此刻

小雪冬霧，越野競賽
穿梭山峰迴盪谷間
氤氳的角落藏幾顆音符

給一首歌的時間
會飛的心從雨中來
閱讀水靈的天空
畫一隻鳥曙光

一筆就潤濕大崙山頂
銀杏樹下沁出茶香
我輕輕吸了一口，微醺
待涼，風仍然孤寂

藪鳥飛過春分、夏至深秋
把翠綠、青綠、黛綠棲息成
滿山金黃，一片片扇葉正飄下
巧遇與掌心擁抱與我萍水相逢

金黃的銀杏等我一下，別走的滄桑
霧散！還來不及編一頂桂冠
精煉的詩羽是不斷跨越的遊歷
飄零的世道需用整顆心去貼近
愛，讓一隻鳥迷航

・登《乾坤詩刊》77期，2016/01。

輯三：

露荷香自在

荷必多情

盛夏最美的避暑角落
紅與白微啟情緒的線條
動人之色不必崢嶸招展

裙角輕扯旅人的鏡頭
荷葉早已綠透
豎立起的溫潤在風中款擺

飽滿的雨露彈出一顆塵
卻陷進
無法動彈的默

只有大蛙噗通水底的呼聲
響了，一圈漣漪

・登《中華日報・副刊》，2015/09/14。

想飛

雨，如果下得太深情
會將我，檐底的書頁溼透
春日裡的閒愁，也將會
隨思緒潰堤，行不了半里路

如果不是善，等待
那不墜地的金黃風鈴聲
在三月，早該凌空
穿透，直達你沁涼之心

季風，探望著枝椏上的期待
串串旋繫著，一條條長長果莢
想飛，蒴果迸裂了
成草原上無數展翅的小雲雀

天涯如此之遠，浮生如夢
該如何，久留在天空
鋪一層羅綺、織出些彩霞

明天，再來醞釀一場簡單吧
讓種子如雨，以直線
速寫，千年一嘆
再來，一季的新綠紛紛

・登《秋水詩刊》165期，2015/10。

春雨

雨綿綿飄來，日出難
不成了微微印象

春風浮出寒意，無奈
蒼穹下正顫抖的那雙槳

戀戀風塵，預想
讓春風緊緊牽起暖暖

目盼滴滴春雨，冷冷颼颼
凌波能否路過橫塘？

剪一朵金盞揉花色而飲
如滿了那一湖綠
我便與你繞詩千轉

‧登《台客詩社》創刊號，2015/08。

大花紫薇

美如詩銘，仲夏的絲絲微紫
紅亮透景，百日花的風華
瓣瓣皺捲，捲起千里南風
夏有幾分熱度便爆炸出幾分光彩

遠觀，風一來就吹皺眼波
像紫微郎仗義直言而來
詩人的風骨，不曾搖擺
紫嘯鶇飛來，與大花唱和著

緒緒熟成姹紫，朵朵乍然開合
沒有公式演算抱緊的詩心
紅塵缺角，總有偶遇相逢一笑
不能亂踣踩踏城市裡的繽紛
故事，就由滿滿花色慢慢細說

・登《乾坤詩刊》76期，2015/11。

鳳凰木獨白

是誰將丹青巧潑，鳳凰花開
墜落，不宜失速的迷離
雨季，來臨前的微訊

六月枝葉葳蕤，綠巨人持火把艷蕊
最想聽學子朗朗笑語，一點天真
把彼此搖搖晃晃的星光
願望，輕盈的握在手上

任時間在虛實漂流之間燃燒
激盪，未來與現在的一樹蟬聲
再也不曾驚起的一曲驪歌

如果黑夜星子閃爍，月色迷濛
當憶起樹下，微風與你輕靈朗誦
青春，美麗的蝶語翩翩

．登《台灣時報．文學副刊》，2015/06/29。

竹雨

昨雨新綠了一籃竹詩
等待，早起的陽光
輕輕，將鬱鬱晾乾
天若晴了，一起高歌
讓音叉振動，質變漫漫
風也在天邊輕颺

總以為可以無視大海的存在
直到，浪花出現在眼前
或許賜予想像一雙翅膀
好讓我與詩與雲，輕盈飛舞

・登《葡萄園詩刊》第207期，2015/08。

柳川苦楝

八萬四千朵朵無法細數的究竟
開滿了柳川堤岸的南北

一株原始喚為Vangas，Gamut的紫花樹
盛開了阿美族人的春日盼望
香氛了卑南少女的盈盈笑臉

將臨之日的春分
一樣深淺裂紋，一樣苦楝
你的晝，我的夜

任憑花繁白雪，淡紫花絲
飄散著淡淡清香
風來婆娑，去也婆娑
無奈楝子們咚咚咚空撲了
一地，滑落滿地的負心

冬天枯黃的葉子早已掉落
唯有枝椏樹冠尚存有那一串
金鈴子的聲響
是否？仍在等待
非楝子不食的鵷鶵飛來，愉悅
與花與樹與川，與你苦楝

・登《笠詩刊》310期，2015/12。

雨之淚

花與雨珠共舞
如果，你能
聽到花開花落的聲音

葉面上裂口的露珠
說是來自雪山上的雲
水氣凝結成的淚

春天曾來敲門，我多麼
想描繪，剎那抽象的光影
光譜卻從花心的另一端蒸散

思念早已是凝固的波浪
而風拍上葉岸的每一擊
卻再次湧動，詩心

・登《台灣時報・文學副刊》，2015/04/27。

秋說

楓紅了，你在哪？
蝶飛，因花開不了四季
蒼鷹追逐天風的歌聲
清洌，泉水以倒懸的身影

想回頭，眼底虛設曾經
乾涸的湖又開始朦朧
雲苦苦等了三季

在春天散失的一章扉頁
以文字格格填上微溫
以思之名夾角天河星子

夕陽驀然回望
入夜就多情

・登《乾坤詩刊》76期，2015/11。

葡萄

紫薇花爭豔的季節
是充滿希望
是無趣慵懶
還是充滿狂想

坐著看詩，紫色花想
夕陽下拈花微笑

撲了撲想飛的羽翼
想拈得一莖彎彎
恰似蝶兒款款迎風

是誰輕灑？午後和煦的陽光
不是阿波羅，不是莫內
原來是酒釀化成的一串酸甜

・登《台灣時報・文學副刊》，2015/07/13。

冷顫

雪不斷為冬天滯留辯護
每個人該有答辯權力
陽光封鎖不了高牆厚度
妳棲身成鐵絲網上小花
橫跨河的那條橋
遇或不遇
從此，我走不進妳的心

註：觀電影間諜橋，臥底間諜一旦被抓，其忠誠度面臨質疑考驗！冷戰時期，美俄兩國時常交換被俘間諜。當時的換諜事件在連接柏林與波茨坦的格利尼克橋進行。這座橋平時人煙罕至，對於間諜們來說，一水隔天涯。而戀人相待，有時亦彷如諜對諜。詩藉此發想～

・登《中華日報・副刊》，2015/12/13。

相思進化論

恩典出現何等珍貴
或晴空颯爽或大雨滂沱
無論得與失，榮與辱
回憶成風仍需彼此擁抱

託心情寫詩已漸成習
視覺暫留了一座森林
沒有對話的文本
故事用符號編織

愛希望的花，充滿救贖
無可抵禦的龐沛之勢
身旁的夕陽如此美麗
閃閃淚光，我必須按下快門

・《秋水詩刊》167期，2016/04。

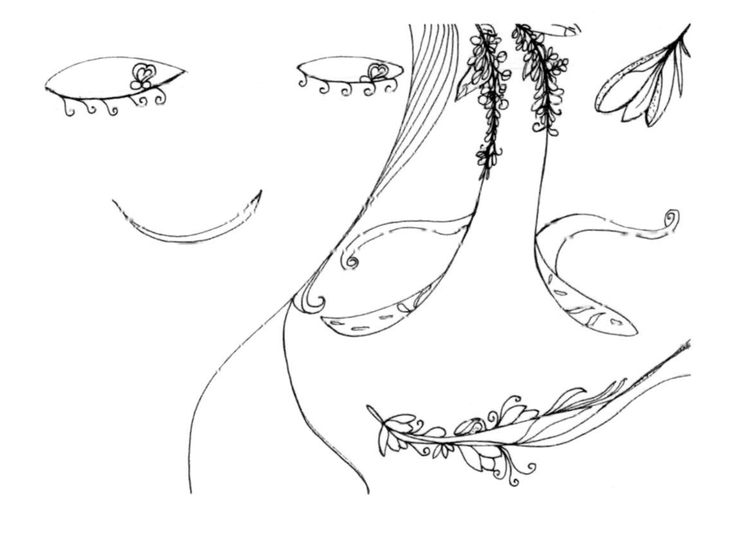

山茶

愛，在冬天堅忍
花開的聲音
應該在春天持續
任性的掛在心上鮮明

努力想把現實轉變
翻轉為創意的人
我該如何讀妳
這朵未編入課綱
粉嫩的千面女郎

・《秋水詩刊》167期，2016/04。

輯四：
微吟夜未央

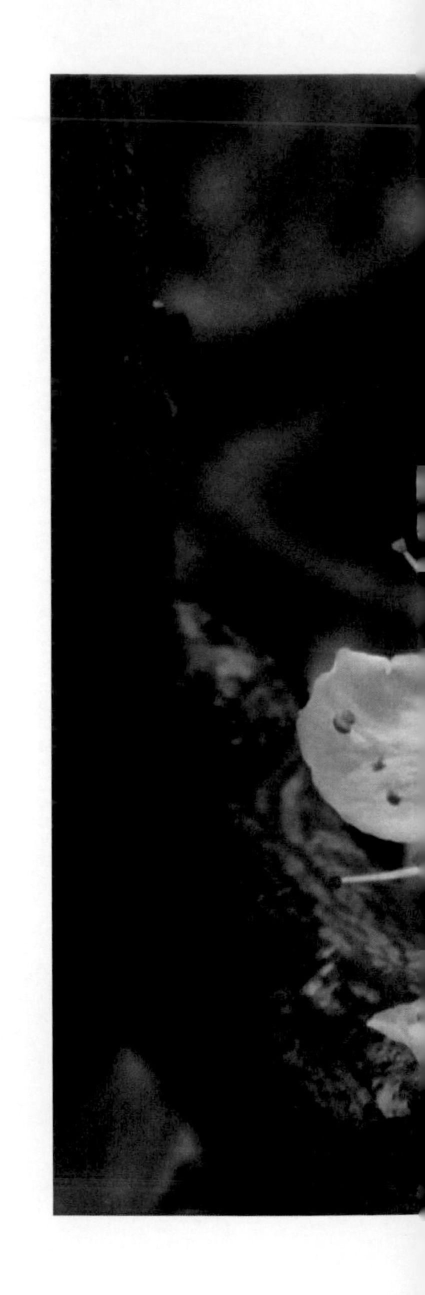

蛇
——生肖俳句

蜿蜒的人生路，滿腔愁緒
以冰涼擁抱疲憊的大地
吐露夢想的蛇信，比龍還真

·登《吹鼓吹詩論壇》24期，2016/03。

醉
——生肖俳句

萬不該醉在那杯雄黃
白娘子蛇行滑出空盞外
酒駕，誤的是千年道行

・登《吹鼓吹詩論壇》26期

芒果青

等待是折磨人的事
紅燈停 ，初夏好芒

南風微微一動
芒果青就綠了整個夏天

・登《台灣時報・文學副刊》，2015/06/10。

紅蜻蜓

掠過蜿蜒的時光之河
張騫西域釀的酒，醉妳滿身

荷邊雨露，紅唇未經風霜
思念違規滯留，滴滴微涼

・登《華文現代詩刊》第六期，2015/08。

阿勃勒

一襲時尚鵝黃新綠
歲月，瘋狂瘦身

星圖脫出樹影微亮
分不清誰是蝶？是花

．登《台灣時報．文學副刊》，2015/06/15。

媽媽

擷取一絲絲葉脈底流光
網羅感動生命的根根鱗爪
回溯，不盡的唯愛一字
人生最美麗的風景

・登《華文現代詩刊》第六期，2015/08。

無題

與你對話的每一字句
也許，經過無數次心跳
一張圖一個風景，一片冰心
無風無雨無邪無，思念

・登《華文現代詩刊》第五期2015/05。

暖陽

悟，在這裡偶遇
擁吻和煦微風
依偎，歲月靜好
遇見你後的異想世界

・登《華文現代詩刊》第9期，2016/05。

濕

清晨大雨，恍惚迴游
彈不盡的淅瀝自以為浪漫
豆大的雨珠溺斃多愁的魚

試圖，抖落不押韻的濕意
思念是在心裡蹓躂的貓
常常，等待魚兒泅泳而來

・登《中華日報・副刊》，2015/10/28。

立冬

當鷗鳥忙著掠過幾個黃昏
風追逐著細細尾巴的流霞
滔滔是潮水無法抽離的孤寂
海的狂淚，濕淋淋地捲襲而來

立冬了！落葉驚呼
一路拾綴微光騰飛而去
落日的餘溫十足火紅

熱情的，啵啵啵
水聲正沸騰一鍋香
蚌殼內裹挾璀璨的詩句
一顆一顆就要煮開

・登《台灣時報・文學副刊》，2015/11/27。

露從今夜白

請別任意斟滿，世界早已混沌
秋色漸濕，醇勁隱隱滑落
瞥見一雙眼眸，漸漸醉了

只消幾個黃昏，釋懷
尋你的縈念在秋日飛去
空懸，啪啪地乍響
風微，微微燒透一樹楓丹

誰說時間無法人間駐足
當蘆荻吐涼，紅蜻蜓轉身
風的提醒，我凝目望花
林間，桂花幽幽香了

・登《中華日報・副刊》，2016/03/26。

林彧攝影

愛琴橋

夕幕剛悄悄被雲拉下
細雨就滴滴滲漉
一朵鮮紅鹿子百合濯過
逆光綻放，涓涓善感
依然不知，為何開為何落

曾經青睞的、甜美抒情
豎琴的心弦就留給詩人遊唱
橋上的迷霧，風的狂狷
仍盼著，不羈的旅人歸來

按一次柱、撥一生弦
故事隱隱被風聽見
滑音中溜走什麼，無從得知
如果一切只是救贖，那麼
被喚醒的細節何不從指尖解放

解開鎖鍊，向天拉弓
飛去廣袤田野，橋的兩端
美是最初也應是最末
夜即將光華
依然不知，為何開為何凋零

・登《中華日報・副刊》，2016/02/05。

Simom Lin 攝影

銘記

留一段時間給自己
謝謝，留下空白

溫柔的靈魂，聽風之歌
與一顆心彈出節奏

沒有邊框的鏡子從不解釋
浪漫成災，如詩的告別

・登《創世紀詩刊》186期，2016/01。

佳音

親愛的，送你一顆天狼星
沒有虹彩的黑暗與孤單
讓溫暖的星光陪你，渡過

初雪的時候，輕輕撒下
靜夜微笑，逗著點點星光
陪伴，你曾說的勇敢

我來，只想探一顆星
踩響了冬日鈴鐺
夜夜靜思，不再迷航
伴我掠過指尖的銀河

・登《創世紀詩刊》186期，2016/01。

冬暖

你一句冬陽暖早，如花
與我之間的對話
片刻間，從雲端飄向我

如一朵高山的薔薇
大自然最美麗的眼神
直直馳騁而來

風來時撲向我心
吹動白沙湖的紋衫
喚醒花季，如詩的昇華

・登《葡萄園詩刊》209期，2016/02。

Rafael 攝影

期末考後

說不貪心是假設的
愛從沒有人嫌多
合身，該如何剪裁

生命靈慧未癡，美趣
一落入俗套就僵化
情親雅澹，暱不老心田

欣賞就請紅筆勾圈
一架子個性帶點霧霾
橫豎，都因風起
一番雲雨，一番晴

・登《中華日報・副刊》，2016。

詩人的銅雀臺

六月，即將飛渡莫內藍染的天空
在虛空迷途，流連南風的招喚
苦楝獨白，齊東詩舍裡詩的復興

詩集合，詩心交融，奔越彼此
夏潮的浪花響在左心房漩渦
我的視界飄向無垠邊境，抖落
一灘的詩句已漂流在檐底的書頁
熱情烘焙一畦一畦海味的香甜

繆斯吹鳴海螺，引領眾神的靈魂
燕子寫意、風來朗誦、我們擁抱詩
同在詩之彼端，等待日出印象

遙想一川流水青蘋，可否為瑠公圳著句
老建築樑柱縱橫著深埋心底的記憶
齊東這一條260年歷史老街，故事沙龍

光與影的遊戲，從清朝米糧道漫步黑瓦屋
竹柏大王椰子門口標註文武官別，昔人已遠

百年龍眼樹輕狂愜意伸了伸懶腰
矮牆上兩隻黑貓打了個長長的呵欠
微笑的街道，穿越不同年代轉換場景
此端望不進彼端卻述說相同的隱喻
昨日醉人的不是李太白那壺花間酒
捨我其？誰才是詩舍臺上的主角

・登《乾坤詩刊》78期，2016/04。

後記

林秀蓉

詩是思想與感情上的絕「對」值，詩行下可讚美人生，可感恩大自然，更可以形上柔軟有溫度的靈魂。總想以寫詩的心善解順逆境，讓困頓的世界變得純真美善。因為詩的國度如此敻遼，就讓歡喜傷悲都能與心靈點點滴滴對話。

開始寫詩的因緣很殊勝。是從去年一月底參與了陳銘磻老師主辦的「那羅文學活動」開始。偶然中，我拍下一張那羅的櫻花與烏鶖，寫下了生平第一首詩。那是我與繆斯的初相遇。從此，我渴望見她，屬於自己的盼望，希望夜夜夢見蝴蝶心田飛舞。我一字一句認真地寫下，走過的路、看過的風景。覺得花兒都是為我而開，雲兒都是為我飄來，連樹梢的鳥兒都為我歌唱。

《荷必多情》是個人第一本詩集。從2015年的詩作，收錄共計六十一首詩，都曾被披載。無論是投稿在詩刊或報紙上，凡經擢用登載，皆是莫大鼓勵，再再歡喜。此詩集共分成四輯——

輯一：萬水千山路計十六首，從北台灣的植物園記遊，中部草悟道、日月潭、合歡山、行旅竹山天梯，南至水晶教堂。遠渡重洋義大利翡冷翠、德國新天鵝堡。如紫蝶翩飛萬水千山路，探尋幽谷夢土，詩心飛翔，方寸之間。

輯二：是山皆可隱計十五首，山永遠是我心中的王者。給一首歌的時間，會飛的心從雨中來。任一葉葉澹泊、一朵朵生滅，愛怨都令人沉醉。行旅生命中的一期一會瞬間舞動山巢，振翅飛閃。人生是一飲而盡的濃縮！有心悸，苦澀又回甘，連靈魂都研磨得濃烈如詩。霧散！或許還來不及編一頂桂冠，精煉的詩羽是不斷跨越的遊歷，飄零的世道需用整顆心去貼近。

輯三：露荷香自在計十三首，熟悉盛夏最美的避暑角落。紅與白微啟情緒的線條，動人之色不必崢嶸招展。裙角輕扯旅人的鏡頭，荷葉早已綠透，沒有對話的文本，故事用符號編織。愛是希望的花，八萬四千朵朵無法細數的究竟，荷必多情！

輯四：微吟夜未央計十七首，南風微微一動，芒果青就綠了整個夏天。紅蜻蜓掠過蜿蜒的時光之河，張騫西域釀的酒，醉妳滿身。一襲時尚鵝黃新綠，吐露夢想的蛇信，歲月瘋狂瘦身。悟，在這裡偶遇，擁吻和煦微風。一張圖一個風景，一片冰心！短歌微吟夜應未央無風無雨無邪無，思念……。

近半輩子過去，心中曾懷揣自身的侷限，體會到可以執筆寫詩是因為自己還能勇敢大膽地多夢想一點「天真」的事。鼓起勇氣，不再踟躕，想進一步肯定自己，於是集結作品成一本小小詩集。人生色彩本由自己繪上的，不識春秋，只是圓夢。而今能出版個人詩集，心裡忍不住為之輕輕喝采！深深感到無比幸福。詩是種子，種在最深的內心淨土裡。感恩春天開花秋天結果，四季予以無私的慰撫。人生中自我挑戰總要嘗試著有值得著迷的興趣與喜好，讓自己活得更精彩！讓我們可以輕嘆，可以用簡短精練的文字抒發想像或真實的生活世界。原來詩心的優勝美地如此有趣美麗。詩意如流沙覆裹著一瞬光華是愛以萬年漫步而來。

剛開始在閱讀現代詩人的作品時，總想融入作品，有時卻有霧裡看花終隔一層的感受。閱讀成了日常後，習慣好書在手，句句詩文竟然能如探驪得珠，盡閱詩人們的風騷，好韻無窮！喜樂於自學行進中，得與眾愛詩者教學相長。

承蒙明道大學蕭蕭院長、詩人劉正偉教授，在我習詩創作過程中，無論在詩的意境、轉折技巧、用詞遣字一路熱心指導。謝謝建國中學林明進老師大力提攜，做為他的書迷，我時常啜飲墨香悠遊他《學生》一書。那字裡行間生生不息的動能，啟迪我詩創作向生活學習之路。感恩三位老師們，百忙之中慷慨答應為《荷必多情》詩集寫序及謝謝Robert Lee、Rafael、Simom Lin、張乙朝及林彧老師攝影作品與好友思方插圖，增益了詩集光彩。

在文字的國境裡，在每首詩的創作當下，能於各大詩刊及報紙副被刊登出來一剎那，總是滿懷感恩欣喜。我會持續努力，寫出更多美好的詩。

詩創作讓我獨享孤寂的甜美，而諸位前輩對於我的鼓勵與加持，誠惶誠恐！第一本詩集的生手，稚嫩在所難免，闕漏在所難免，慶幸大家伸出溫暖的雙手推我一把，能自由引線織一片錦，感謝所有我該感謝的人。也謝謝秀威出版社的鼎力相助，冀望一本小詩集的誕生能夠聖善美真！

用什麼記錄人生，詠現生命！我的答案是一同來詩寫生命的光影吧！

讀詩人86　PG1540

荷必多情

作　　者	林秀蓉
責任編輯	盧羿珊
插　　畫	賴思方
圖文排版	周妤靜
封面設計	蔡瑋筠

出版策劃	釀出版
製作發行	秀威資訊科技股份有限公司 114 台北市內湖區瑞光路76巷65號1樓 電話：+886-2-2796-3638　傳真：+886-2-2796-1377 服務信箱：service@showwe.com.tw http://www.showwe.com.tw
郵政劃撥	19563868　戶名：秀威資訊科技股份有限公司
展售門市	國家書店【松江門市】 104 台北市中山區松江路209號1樓 電話：+886-2-2518-0207　傳真：+886-2-2518-0778
網路訂購	秀威網路書店：http://www.bodbooks.com.tw 國家網路書店：http://www.govbooks.com.tw
法律顧問	毛國樑　律師
總 經 銷	聯合發行股份有限公司 231新北市新店區寶橋路235巷6弄6號4F 電話：+886-2-2917-8022　傳真：+886-2-2915-6275

出版日期	2016年6月　BOD一版
定　　價	230元

Printed in Taiwan

國家圖書館出版品預行編目

荷必多情 / 林秀蓉著. -- 一版. -- 臺北市 : 釀出版, 2016.06

面 ;　公分. -- (讀詩人 ; 86)

BOD版

ISBN 978-986-445-113-5(平裝)

851.486　　105006940

讀者回函卡

感謝您購買本書，為提升服務品質，請填妥以下資料，將讀者回函卡直接寄回或傳真本公司，收到您的寶貴意見後，我們會收藏記錄及檢討，謝謝！如您需要了解本公司最新出版書目、購書優惠或企劃活動，歡迎您上網查詢或下載相關資料：http:// www.showwe.com.tw

您購買的書名：________________________________

出生日期：________年________月________日

學歷：□高中(含)以下　□大專　□研究所(含)以上

職業：□製造業　□金融業　□資訊業　□軍警　□傳播業　□自由業
　　　□服務業　□公務員　□教職　□學生　□家管　□其它____

購書地點：□網路書店　□實體書店　□書展　□郵購　□贈閱　□其他

您從何得知本書的消息？

□網路書店　□實體書店　□網路搜尋　□電子報　□書訊　□雜誌
□傳播媒體　□親友推薦　□網站推薦　□部落格　□其他________

您對本書的評價：(請填代號　1.非常滿意　2.滿意　3.尚可　4.再改進)

封面設計____　版面編排____　內容____　文／譯筆____　價格____

讀完書後您覺得：

□很有收穫　□有收穫　□收穫不多　□沒收穫

對我們的建議：________________________________

____

____

____

請貼
郵票

11466
台北市內湖區瑞光路 76 巷 65 號 1 樓
秀威資訊科技股份有限公司 收
BOD 數位出版事業部

(請沿線對折寄回，謝謝！)

姓　名：__________ 年齡：______ 性別：□女 □男

郵遞區號：□□□□□

地　址：__________

聯絡電話：(日) __________ (夜) __________

E-mail：__________